GORDON

Yn seiliedig ar *The Railway Series* gan y Parch. W. Awdry

Darluniau gan
Robin Davies

RILY

TOMOS A'I FFRINDIAU

"i Daniel, Luc a Josh"

Cyhoeddwyd yr argraffiad Saesneg gwreiddiol yn gyntaf yn 2004
gan Egmont UK Limited, 239 Kensington High Street,
Llundain, W8 6SA dan y teitl *Gordon*.

Thomas the Tank Engine & Friends™

CREATED BY BRITT ALLCROFT

Cyfieithiad gan Elin Meek

ISBN 978 1 904357 14 8

Cysodwyd gan Wasg Dinefwr, Llandybïe, Sir Gaerfyrddin

Cyhoeddwyd gan Rily Publications Ltd
Blwch SB 20, Hengoed, CF82 7YR

www.rily.co.uk

Argraffwyd a rhwymwyd ym Mhrydain
gan Argraffwyr Cambrian, Aberystwyth, Ceredigion, SY23 3TN.

Dyma stori am Gordon yr Injan Fawr.

This is a story about Gordon the Big Engine.

Roedd e'n injan falch iawn, a bob amser yn meddwl mai ef oedd yn gwybod orau.

He was a very proud engine who always thought he knew best.

Ond yna, un diwrnod, digwyddodd rhywbeth a wnaeth iddo feddwl yn wahanol . . .

But then one day something happened to make him realise otherwise . . .

Roedd Gordon bob amser yn canmol ei hun ac yn dweud wrth yr injans eraill sut i ymddwyn.

Gordon was always boasting and telling the other engines how to behave.

Un diwrnod, roedd e'n dangos ei hun i Edward.

One day, he was showing off to Edward.

"Gwylia fi'r prynhawn 'ma wrth i mi ruthro heibio gyda'r Trên Cyflym," meddai. "Fe fydd hi'n olygfa werth ei gweld wrth i ti wthio'r tryciau."

"You watch me this afternoon as I rush through with the Express. That will be a splendid sight for you when you're shunting trucks."

A chyn iddo bwffian o'r golwg, meddai Gordon, "Paid â chwarae o gwmpas gyda'r tryciau, Edward. Does dim byd o'i le, ond fyddwn ni ddim yn ei wneud e, dyna i gyd."

And before he puffed away, Gordon said, "Don't play around with the trucks, Edward. It isn't wrong, but we just don't do it."

Chymerodd Edward ddim sylw o rybudd Gordon. Roedd chwarae â'r tryciau'n hwyl. Sleifiodd y tu ôl iddyn nhw'n dawel a'u gwthio.

Edward ignored Gordon. It was fun playing with the trucks. He came up quietly behind them and gave them a push.

Wedyn stopiodd yn sydyn ac aeth y tryciau twp bwmp-di-bwmp i mewn i'w gilydd.

Then he stopped suddenly and the silly trucks bumped into each other.

"Www!" gwaeddon nhw. "Beth yn y byd sy'n digwydd?"

"Ooh!" they cried. "Whatever is happening?"

Bu Edward yn chwarae nes bod dim rhagor o dryciau i'w symud. Wedyn arhosodd i gael hoe fach.

Edward played until there were no more trucks to move. Then he stopped to rest.

Cyn hir, clywodd Edward sŵn chwibanu. Gordon oedd yno, ac roedd e'n wyllt gacwn.

Suddenly, Edward heard a whistle. It was Gordon, and he was very cross.

Yn lle tynnu cerbydau sgleiniog hyfryd, roedd e'n tynnu hen dryciau glo budr!

Instead of pulling nice shiny coaches, he was pulling lots of dirty coal trucks!

"Trên Nwyddau!" cwynodd. "O! Dyna gywilydd!"

"A Goods Train!" he grumbled. "The shame of it!"

Aeth Gordon heibio'n araf, a'r tryciau'n clec-clecian y tu ôl iddo.

Gordon went slowly past, with the trucks clattering behind him.

Chwarddodd Edward, a mynd i chwilio am ragor o dryciau.

Edward laughed, and went to find more trucks.

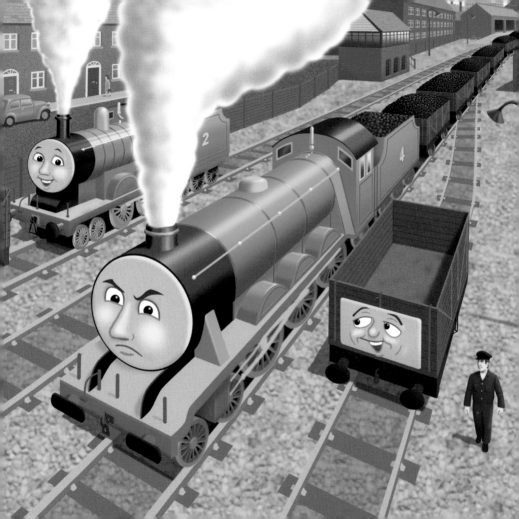

Ond cyn hir roedd tipyn o helynt. Daeth Porthor i siarad â Gyrrwr Edward.

But soon there was trouble. A Porter came and spoke to Edward's Driver.

"Dyw Gordon ddim yn gallu dringo'r rhiw," meddai. "Wnei di fynd ag Edward draw i'w wthio fe, os gweli di'n dda?"

"Gordon can't get up the hill," he said. "Will you take Edward to push him, please?"

Pan gyrhaeddodd Edward, roedd Gordon hanner ffordd i fyny'r rhiw. Roedd ei yrrwr yn gynddeiriog.

Edward found Gordon halfway up the hill. His Driver was very cross with him.

"Dwyt ti ddim yn gwneud dy orau glas!" gwaeddodd ar Gordon.

"You are not trying!" he shouted at Gordon.

"Fedra i ddim," atebodd Gordon. "Mae'r tryciau glo twp yn fy nal i'n ôl."

"I can't do it," replied Gordon. "The silly coal trucks are holding me back."

Daeth Edward y tu ôl i fan frêc Gordon, yn barod i wthio.

Edward came up behind Gordon's brake van, ready to push.

"Fyddi di'n ddim gwerth o gwbl," pwffiodd Gordon.

"You'll be no use at all," huffed Gordon.

"Aros i ti gael gweld," atebodd Edward.

"You wait and see," replied Edward.

Chwythodd y Gard ei chwiban a cheisiodd Gordon symud ymlaen wrth i Edward ei wthio nerth ei injan.

The Guard blew his whistle and Gordon tried to pull forward as Edward pushed him as hard as he could.

"Fedra i ddim, fedra i ddim, fedra i ddim," pwffiodd Gordon.

"I can't do it, I can't do it, I can't do it," puffed Gordon.

"Fe wnaf i, fe wnaf i, fe wnaf i," pwffiodd Edward.

"I will do it, I will do it, I will do it," puffed Edward.

Gwthiodd a phwffiodd Edward nerth ei injan. A chyn hir, roedd Gordon wedi cyrraedd pen y bryn.

Edward pushed and puffed with all his strength. And before long, Gordon was at the top of the hill.

"Dwi wedi llwyddo!" meddai Gordon yn falch, gan anghofio'n llwyr am Edward yn gwthio'r tu ôl iddo. A rhuthrodd Gordon ymlaen i'r orsaf nesaf heb aros i ddweud "Diolch".

"I've done it!" he said proudly, forgetting all about Edward, pushing behind. And Gordon ran on to the next station without stopping to say "Thank You".

Ond cofiodd y Rheolwr Tew ddiolch i Edward. Y diwrnod canlynol, cafodd gôt o baent glas hyfryd gyda streipiau coch.

But The Fat Controller didn't forget to thank Edward. The next day, he was given a beautiful coat of blue paint with red stripes.

Doedd Gordon ddim wedi dysgu'i wers. Roedd e'n dal i ganmol ei hun a dweud wrth yr injans eraill sut i ymddwyn. Tro Henri oedd hi'r tro hwn.

Gordon hadn't learnt his lesson. He still boasted and told the other engines how to behave. Now it was Henry's turn.

"Mae Henri'n chwibanu gormod," meddai Gordon. "Dyw injans parchus ddim yn chwibanu'n uchel yn yr orsaf. Does dim byd o'i le, ond fyddwn ni ddim yn ei wneud e, dyna i gyd."

"Henry whistles too much," said Gordon. "Respectable engines don't whistle loudly at stations. It isn't wrong, but we just don't do it."

Teimlai Henri druan yn drist iawn.

Poor Henry felt sad.

"Paid â phoeni," sibrydodd Pyrsi, "dwi'n hoffi dy glywed di'n chwibanu."

"Never mind," whispered Percy, "I like your whistling."

Y bore wedyn, wrth i Gordon adael y sied, galwodd ar Henri.

The next morning, as Gordon left the shed, he called to Henry.

"Hwyl fawr, Henri, a chofia'r hyn ddwedais i am chwibanu."

"Goodbye Henry, be sure to remember what I said about whistling."

Yn nes ymlaen y diwrnod hwnnw, aeth Henri â thrên araf i orsaf Edward.

Later that day, Henry took a slow train to Edward's station.

"Helô, Henri," meddai Edward. "Ro'n i wrth fy modd yn dy glywed di'n chwibanu'n hapus ddoe."

"Hello, Henry," said Edward. "I was pleased to hear your happy whistle yesterday."

"Diolch, Edward," gwenodd Henri. "Ust! Wyt ti'n gallu clywed rhywbeth?"

"Thank you, Edward," smiled Henry. "Shh! Can you hear something?"

Gwrandawodd Edward. Yn y pellter, ond yn dod yn uwch ac yn uwch, roedd sŵn injan yn chwibanu.

Edward listened. Far away, but getting louder and louder, was the sound of an engine's whistle.

"Mae'n swnio fel Gordon," meddai Edward. "Ond fydd Gordon byth yn chwibanu fel yna."

"It sounds like Gordon," said Edward. "But Gordon never whistles like that."

Ond Gordon oedd e. Rhuthrodd i lawr y bryn ar ras wyllt. Roedd falf chwibanu Gordon yn gwrthod cau ac roedd e'n chwibanu nes ei fod bron â hollti.

But it was Gordon. He came rushing down the hill at a tremendous speed. Gordon's whistle valve wouldn't close and he was whistling fit to burst.

Sgrechiodd wrth fynd drwy'r orsaf a diflannu o'r golwg.

He screamed through the station and disappeared.

"**W**el, wir!" meddai Edward, gan edrych ar Henri.

"Well!" said Edward, looking at Henry.

"Does dim byd o'i le, ond fyddwn ni ddim yn ei wneud e, dyna i gyd," meddai Henri'n chwareus. Chwarddodd Edward.

"It isn't wrong, but we just don't do it," chuckled Henry, and Edward laughed.

Yn y cyfamser, roedd Gordon yn sgrechian ar hyd y lein. Daeth pobl allan o'u tai, aeth injans tân ar wib i chwilio am y tân, a gollyngodd hen wragedd eu parseli ar lawr mewn ofn.

Meanwhile, Gordon screeched along the line. People came out of their houses, fire engines set off to find the fire, and old ladies dropped their parcels in shock.

A dyna i chi sŵn! Roedd porthorion a theithwyr yn rhoi eu dwylo dros eu clustiau. Roedd y Rheolwr Tew yn gwneud hynny hefyd.

The noise was awful. Porters and passengers held their ears. The Fat Controller held his ears, too.

"Ewch ag e oddi yma," bloeddiodd. "A stopiwch y sŵn 'na!" Roedd Gordon yn dal i chwibanu wrth iddo bwffian heibio'n drist.

"Take him away," he bellowed. "And stop that noise!" Still whistling, Gordon puffed sadly away.

Chwibanodd wrth groesi'r pwyntiau. Chwibanodd yn y seidin. Roedd Gordon yn dal i chwibanu wrth i'r teithiwr olaf adael yr orsaf!

He whistled as he crossed the points. He whistled in the siding. Gordon was still whistling as the last passenger left the station!

Wedyn dringodd dau o'r Ffitwyr a bwrw falf chwibanu Gordon i'w lle. Ac o'r diwedd, roedd pobman yn dawel.

Then two Fitters climbed up and knocked Gordon's whistle valve into place. And at last there was silence.

Sleifiodd Gordon i mewn i'r sied. Roedd e'n falch iawn ei bod hi'n wag. Doedd e ddim eisiau i neb wneud hwyl am ei ben.

Gordon slunk into the shed. He was very glad it was empty. He didn't want anyone to make fun of him.

Yn nes ymlaen y noson honno, daeth yr injans eraill heibio.

Later that evening, the other engines came back.

"Does dim byd o'i le," mwmianodd Edward, "ond fyddwn ni ddim yn ei wneud e, dyna i gyd."

"It isn't wrong," murmured Edward, "but we just don't do it."

A chwarddodd yr injans i gyd, pawb ond Gordon.

And all the engines laughed, apart from Gordon.

O hynny allan, roedd Gordon yn injan llawer tawelach a mwy gwylaidd – wel, am rai dyddiau, o leiaf!

From then on, Gordon was a much quieter, humbler engine – well for a few days, anyway!